羅智成詩集

地球之島

「末日」暗喻文明再生
始終是詩人或祭司
對現世最深情的
詠嘆

目次

第二輯／月曆—島嶼十二月令

序言

最初浮出海面的，是氣泡和稀釋的思想，
然後是喘著氣的笨拙身軀……
但我始終呆在水底，
流連於那被海水滋養並抵銷了地心引力而
整個舒張開來、神采奕奕的琉璃世界⋯
就這樣，好一陣子，我很喜歡造訪各地島嶼，
耽溺於裸身和氣候、水體接觸；
耽溺於陽光、沙礫和滿眼的綠意……
這些原始的體驗給了我一些想法：

在文明之前，一個人類個體對他所不熟悉的地球，會有怎樣的想像或理解？在文明之後呢？或者，某種「後文明」的思維將是何種面貌？它來自怎樣的知感經驗或知識基礎？對那樣的心智想像，詩或文字可以怎樣來掌握或探索？

這些想法頗為吻合我此刻的「文明倦怠」和創作上的「加拉巴哥症候群」，於是，遂開始了《地球之島》的旅程，試圖從大自然、從比較生物性的視野，重新書寫這個星球和我們自己。

這些嘗試我在《夢中情人》其實已淺嚐過，特別是人類的生物本質與文明的情慾本質。其中，「我徒涉水深及膝的太平洋……」的意象，是從在斐濟的旅行記憶輾轉而來。當然，這樣一種「非文明」的觀點，本身必然也是人為的、另一種文明的觀點⋯⋯

二〇〇九這一整年為聯合文學寫的「新絕句」專欄，基本上就是想進一步處理我這些「後文明」或「非文明」的想像。

至於執意創造四行一首的「新絕句」形式，主要是因為在這一時期我對形式、聲音或節奏重新有了初學者般的鮮明意識。我一直認為絕句或四行詩，應該就是中文詩最小的完整單位了，因為吟詠動作的完整，至少要包括音律和語意上一整套起承轉合的完成，以及一正一變的兩組句式或對仗（couplets）。但在《地球之島》我刻意以某種世故又率性的方式，來演練我對於這個基本詩型的想像。

詩集中的第二卷「月曆」，是二〇〇八年我在幼獅文藝上的詩作專欄：在那年的每一個月，我都根據當月在台灣這座島嶼上長期積累的經驗與感受寫一首詩，再加以象徵化、季節化、戲劇化。它其實是非常在地、非常台灣的，但是我試圖把個人的感受或對當代文明的疏離，刻鏤在更為恆久的，島嶼的氣候、地形或更具普遍性的自然、人文環境的基本特質上，所以它比較不像「月記」或記錄，比較像月曆或月令圖……

這兩輯作品的共同點，除了都是來自專欄的結集，大概就是：這幾年我比較有意識地為我的文明反思與個人知感經驗，尋找某種比較中性、客觀的修辭、比較生物學或自然科學的視角。但是細心的讀者一定會注意到，即使如此，在我的詩作中慣有的「末世氛圍」依舊四處瀰漫。「月曆」固然如此，《地球之島》更是由上述的「非文明意象」主導敘事情境。本來，大自然或非文明意象就有「前人類」、「後人類」或「文明消失」的意涵，這樣的意涵甚至讓《地球之島》有點像「末日書寫」。

如果這樣，我必須承認，那是有意為之的。始終，「末日」就暗喻著「文明再生」，那是詩人或祭司對現世最深情的，詠嘆……

忍不住一提的是，作為一個艱深美學的追索者，我還是會本能地戒備著某些把生態關懷、自然寫作或原初主義懷舊情懷視為詩創作命定腔調或主要價值依歸的慣性與衝動。

媚俗的高調和弱智的言談令人窒息，我們正被逼著出走，去堅持意識的清明、語言的潔癖、去尋訪知識，去想像新天地……回過頭看，把視野拉開，人類真的很小，地球真的不大……

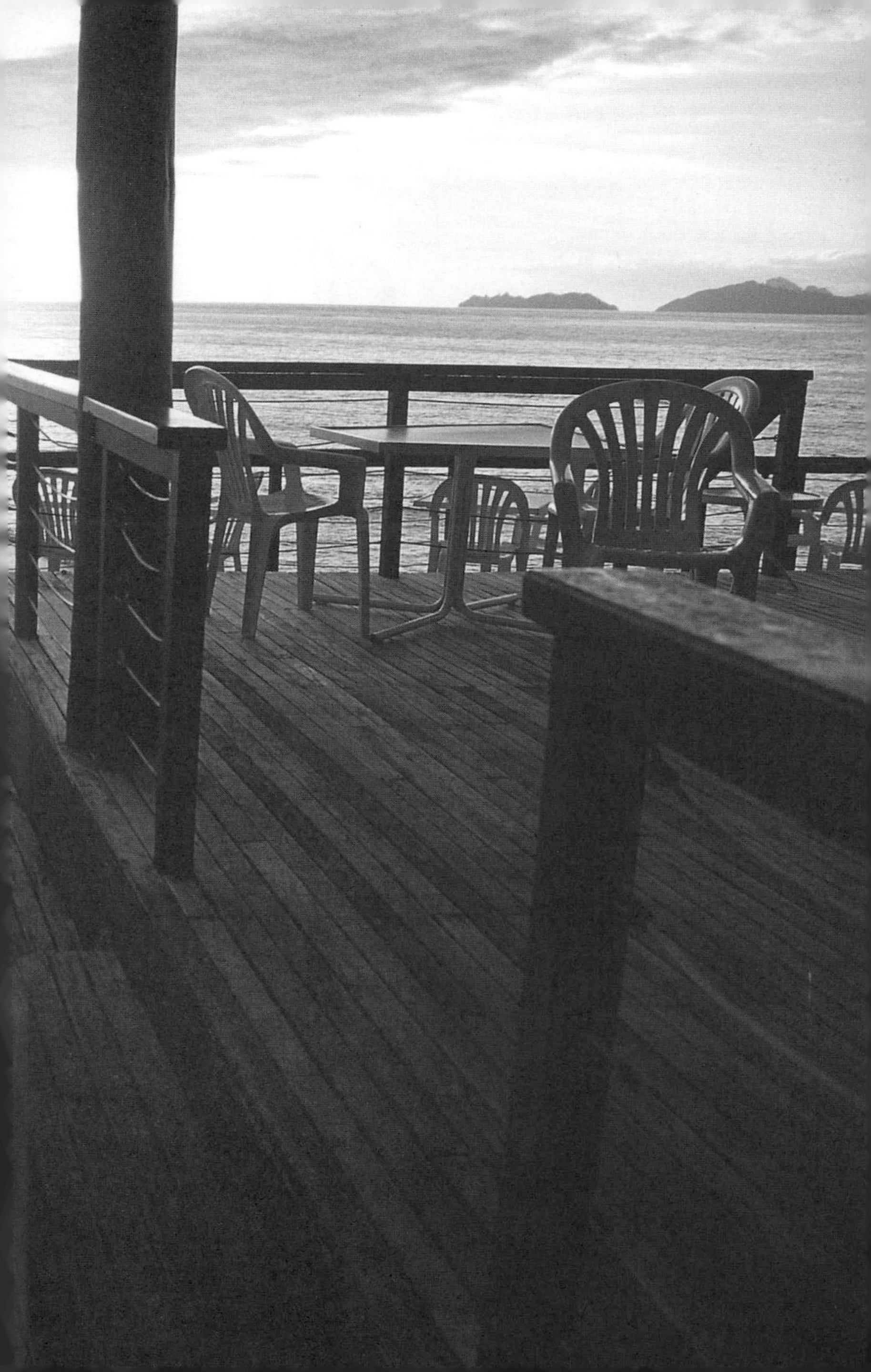

第一輯

地球之島

時光

當我回到地球　人類已離開許久
森林已收復了城市　鷗鳥還在河口逗留
無數棄置的錶心像貝殼遍佈沙灘
有的積著海水　有的還不停走動

進化

當我回到地球　人類已離開許久
夕陽依舊斜照　成排貨棧空置的碼頭
海豚無辜的眼神隱約閃爍下一次文明的燧火
被野放的寵物隔代遺傳著不解的憂鬱與溫柔

對象

當我回到地球　文明已經打烊
除了還沒耗盡的燈火　夜晚已交還給月亮
雨林樹海的傘蓋下　一萬座城市已被安葬
夜行動物繁殖著更多窺視　在沒有崇高觀點的殿堂

聲音

當我回到地球　妳和他們都已遠離
我在無人的巨大球型島嶼獨行
聆聽這佔用太多空間的孤寂
空曠的宇宙像高八度的耳鳴

海洋

見過藍鯨那樣巨大的飛禽嗎？
海洋，只是太濃、太厚或太藍的大氣
有光就可以穿越，有鰓就可以飛翔
歌聲傳得好遠，永遠都不會沉澱

呼吸

海洋，只是太濃、太厚或太藍的大氣
這樣的想像讓我的想像比較容易呼吸
但別把天空從我們體腔放走
否則海洋將侵入你的肺　把所有想像化為泡沫

滿月

我們久已不在沙灘生殖或產卵
但是滿月依然教我們小腹發脹
鯨魚和浮游生物水乳交融著和善的獵食
至今我們體內仍遺傳著最初的海洋

裸體

最美滿的肉體，是被擁抱，被海水擁抱的裸體吧？
孤獨是你唯一的被褥
水溫是你唯一的衣縷
死亡是這麼的，這麼的平淡無奇

潮汐

不時有些深海的內臟被沖到沙灘上
曝曬成動物或植物的屍骸
這是這顆行星時刻進行的新陳代謝
46億歲的溫柔巨獸舔著全世界的海岸

示愛

但我是如此愛妳　癡迷若醉
我的肉體與雄性激素就為這美滿情境一路演化而來
我是如此愛妳　亢奮欲溶
水母般以緊張原始的體腔共鳴著幸福的孤寂

蕨類

蕨類是這顆行星的原住民
當滅絕的物種們陸續憂傷走過跟前
我總覺得　它們始終在彼大量地
儲存著什麼　目擊著什麼　修護著什麼

歉意

我是如此愛妳
即使猿類雜交貪歡的基因
使我不曾完美實現對妳的愛情
啊我卻創造或濫用了整個文明來沖淡對妳的歉意

潮濕

潮濕加上溫度　生命就無中生有地發生了
從眼淚唾液到沼澤　我們體內攜帶著這樣的環境
在人類社會中遷徙
像微型行星　孵育著總有一天屬於我們的宿命

靜觀

在植物的根鬚與土壤之間正在發生什麼事？
在蠟綠的葉面與陽光的輻射之間？
我試圖像植物一樣思索
發現它們的念頭是靠無數水車輸送的

質變

無法饜足的愛慾使虛無的囊腫一天天擴大
所有的毀滅最終都將以癌的形式實現
我們失控的文明正衝往一個臨界數字
在彼夢境都將豬羊變色

界限

最低溫的界限　在對流層與平流層之間
高密度的湛藍　把所有雲朵擋在水氣蒸散的頂點
園遊會的氣球最終是否浮出大氣層的海面？
它緊緊綁住那鬆手後的失落感　已飛出我童年的視線

尺寸

相對於鷹的視野鯨的航程北美紅杉的尺寸
像島嶼之於我們　地球就不再那麼龐大了
相對於廣佈的雲層　地球就像一顆水晶球
被絲綢細心擦拭　就可以預知明日的氣候

春雨

冬天在霪雨中結束
就像一座冰山在空中溶解
每一片閃閃發光的綠葉潮濕而冰涼
每一具林中走動的裸體自若而安祥

荒原

相對於恆星的演化光年的距離想像力的體積
宇宙就沒那麼大　永恆也沒那麼久了
我們躺在夜空下的荒原駕駛著我們的星球
無法被愛情填補的孤獨是我們一再相戀的理由

撰述

只有一個人的地球我孓然佇立在月亮照射的赤道上
退潮時才露出海面的書桌前
想　如果人類文明只能記載一頁
我該寫下什麼給妳

消失

每一天我都感覺到妳正快速消失
必須極力以描述、想像來留住
這些獨白的文明　源於妳的啟發與聆聽
沒有了虛構的妳　書寫將是何等孤獨

陷溺

我是如此狂喜卻又如此絕望
像蜂鳥自囚於花香蝠魟自溺於美滿的海洋
我是如此愛妳
必須至少再一次戀愛才甘願就此衰老

連結

來　讓我們相互舔舐　刺探吧
藉這淫猥的觸覺　這內在臟腑的翻湧
裸裎我們最脆弱醜拙的一面　去連結
去攀登生殖的豐盈與毀滅

隱藏

霧從地表蒸騰而起像夢的昇華水分子的彌撒
它以視覺消去法進行安慰、治療和隱藏
我牽著妳走在灰綠色氣化風景中　相信
這稀薄的夢境足以抵擋咫呎之外的喧嘩

庇護

霧隔離出一塊不屬於地球的空間
庇護著獨特而瀕危的生態：
精靈　麋鹿　青苔　低溫的古代和迷途的小孩
霧本身就是一座森林　庇護著獨特瀕危的生態

孤獨

孤獨是我們體內的基因還是一種病毒？
遺傳自生命初始或傳染自互換的眼神？
來！讓我們相互舔舐、刺探吧
這淫猥的觸覺或將把孤獨釀為可憐的自由

那時

那時海上火山接二連三噴發
高如天空之牆的濃煙凝結為俯視著我們的惡夢
在軌道運行的地球像拖著黑霧的特技飛機
島嶼接二連三誕生　我們無所遁逃於天地

生機

當土石流掩蓋原先的溪澗與部落
翠綠的山巒與叢林被翻覆攪拌為泥
我們才想起地球本來就是泥　泥就是地球
每一種生命要倖存下來　要花好大的力氣

怒氣

雷雨暴在晴空中捲成龐然的棉花糖
棉白的外表下翻攪著雷電驟雨黑夜與飛機殘骸
它如影隨形跟著我
好像地球的怒氣已覺察到我對它無畏的觀測

極光

極光出現時好像快速運行的行星彩色的雨刷
像放風箏一樣我意圖用熱切的視線去觸摸它
被沒有意圖的天文現象感動　或以有限生命
無限好奇去扣問永恆　也是一種天文現象嗎？

兩棲

海上的濃霧在夜裡席捲了海邊的針葉林
一些海中生物和船難的幽靈也跟著上岸
在寤寐間　我隱隱了悟
潮聲、被遮蔽的月光和整個星球都是兩棲的

故鄉

也許妳是我的故鄉　何嘗不是我的異國？

親密中繾綣著陌生　信賴中刺探著刺探

無時無刻準備離開　愛與恨都無法久留

始終　我就是我的故鄉我就是我的異國

反射

但是三角洲早已被淹沒了
優養化的湖沼封存了高樓林立的城市
蜻蜓在反射著藍天的黑色水面盤旋
卻不得其門而入

循環

人類出現之前森林死了又活活了又死
每個緯度下都堆疊著其它緯度的遺址
我在沙漠中探勘海市蜃樓和水稻梯田
在凍原下切割出熱帶的淺海和遠古的未來

生態

鹿神頭上頂著巨大分岔的森林
地熱烘焙著苔蘚　冰雪窩藏著受傷的哺乳動物
蜘網綴飾著露珠　花香蠱惑著政教合一的蜂群
不為人知的是　巫術始終統治著大自然

北方

野花怒放於冰河犁過的濕地
編織繁衍為地球禦寒的毛衣
像急著儲存太陽能以備入夜後發光
一望無際的小風車們在晚霞中搖曳

氣旋

強風中有疾雨迎面而來像無數小海洋
迅速薄薄地淹沒毛細孔和呼吸的鼻腔
間歇地我像洄游的魚一般悽愴
間歇地像逆風的候鳥一樣驚慌

沉船

活的珊瑚和死的珊瑚共生為淺海的鬧區
生命的分際在此有一道曖昧的罅隙
我從一艘沉船的上方緩緩游過
那被鐵鏽和死亡領養的憂傷已成為熱帶水族的溫床

暖化

當我回到地球　人類正遭遇極端氣候
極地的冰層裂解　積水的街道反射著星光
冰山密佈於全世界的港口
有的還一直漂流到學校附近的巷口

還原

泡爛的圖書館裡堆積如山泡爛的書籍
糾黏在一起的紙張發脹發黃知識滿溢
密密麻麻的文字溶解脫落　無從辨識
還原為還沒被人類想出來之前的思想

冬天

冬天挾著將暗未暗的永夜南下
低溫貼著地表探嗅失溫的軀骸
冰河期伸進低緯度的漁塭和果園
開暖氣的城市裡我們醒著冬眠

失落

早先有些書籍藏著通往書中的密道
直抵文字背後的世界作者心靈的盡頭
沉迷的讀者忘情在彼閱讀　造訪　漫遊
成年後卻再沒有回來　把童年的自己帶走

文明

穿過漫長的隧道便抵達因為雪災而被棄置的國度

潛入冷冽的淺海就進入因為暖化而被淹沒的水都

挖開鬧區的工地處處是盛極而衰的文明及其陵墓

走在結冰的湖面霓虹燈還在透明冰層下隱隱發光

車站

地下鐵道淤積為波光瀲灩的伏流
月台是斷續放映著潛意識的溶洞
我的詩是兀自繁殖　運轉的捷運系統
繁複的路網不曾載任何人到任何出口

濕地

一隻巨大的水鳥低頭跟他談了許久
我們才發現濕地是有神經有意識的
植物根莖和滿溢的含水層串連互通
整片令人屏息的美景都是呼吸的皮膚

神木

有記憶的生物它活得最久　高聳入雲龐然如島的巨樹
在枯槁已死的厚厚樹皮下　專心吸吮生命最後的汁液
一座蜜蠟礦在朽木中形成　一座森林在它腳背上寄生
但記憶之樹一無所覺　一逕恆久地向內、向過去生長

關係

感覺上比我早出生一百年的年輕愛人始終安慰著我
「那個陷溺於童話潔癖與睪酮素焦慮的男孩，」她說
總是虛榮於偉大的困境　卻常常帶我在夢中飛行
她安慰著我　穿透斑駁的歲月指認出我牽引著我

終點

以為多年後列車將抵達並永遠留駐最北的遠方
一覺醒來它卻停在亞熱帶車站站內空無一人但有一池睡蓮
那麼多地名的地球也常有無處可去的心慌
那麼多地名的旅程也無法逃離生命的荒涼

反光

她未預期的冷靜眼神
像一小片聚焦的玻璃碎屑
勢將恆久積聚太陽的熱能於一點
終致洞穿一整座冰山的心事

骨折

我未預期的失神或失誤
像深海藍鯨悶然聽見胸骨的斷裂
骨牌已從最遙遠的地方開始
啟動一整座冰山的崩塌

雕塑

地球上最大最完美的雕塑就是地球了
以火和水以風和重力長時間精雕細琢
這樣完美的胚胎　是宿命還是巧合？
我的視野裹不住她　只能退得很遠很遠

如果

「如果你孤獨　我願用全世界的簇擁來換取你的孤獨」
「如果你憂傷　我願用最疼痛的部分來承接你的憂傷」
我帶著她這些話語　回到妳身邊
好像已環繞過地球　充實而疲憊

史詩

我們回到地球　所有的傳奇已不再流傳
我們重新編造記憶　像對亡靈般般呼喚
詩人的預言　在世界末日第二天清晨實現
最後的文明　最後成為最初的宗教

第二輯

月曆 島嶼十二月令

一月 | January

一月

一月　顏色尚未發芽
候鳥在濕地過冬
烏魚在海峽迴游
我頂著潮濕的東北季風
沿太平洋邊的沉降海岸
返航　向妳溫暖的臂灣

鹹鹹的雨水撲打在
山壁和車窗上
也撲打著冰涼的視野
視野之外　島嶼北端
妳遲遲未眠的湖盆城市
正遭受蒙古高原冷氣團
政治躁鬱與經濟疲軟的侵襲
孤立如黑雲環伺的圍城
諸神鬥氣下的特洛依

視野之外　記憶北端
城市的夜景依然安逸
潮濕路面的車流
無處躲雨的空氣
使得聽覺黏黏膩膩
流動的光影
頻仍的動靜
妳遲遲未眠的湖盆城市
是最低劑量的慰藉和耽溺

遠遠的記憶北端
那輕輕呼吸的燈光
像直接長在河床上
建築物的剪影上
關不掉也澆不熄
除非
拉起妳長髮的簾幕……
鹹鹹的雨水撲打在

島嶼漫長的冬季
我站在被陰雨浸透的窗前
駕駛著滿屋子的思緒
希望儘早通過這無止境的
荒涼季節

但是這荒涼的季節好像
直接長在河床上
建築物的剪影上
要離開它

只有轉身向妳
溫暖的臂灣

二月 | February

二月

二月　冬天已經疲憊
「不，應該說
冬天正抖擻
而亞熱帶抵抗嚴寒的意志
已經疲憊……」
妳冰冷的腳丫抵著我的腿肚
想把自己埋進更深的睡意

寒流自淡水侵入
越過河面　沙洲
凌亂的屋宇
緊張的關節　到
宛如西周末年的被窩

二月　屬於農曆
屬於塵封　陳舊或
那些被壓在箱底的記憶
隨著哆嗦，我們的意識

一直往各個角落退縮
低溫喚起了
古早人類面對寒冷的
脆弱　貧瘠與單薄
讓我們得以和某些
久違　久遠的習性
與祖先們的世界觀
重新取得聯繫

我甚至突然想起

壯觀懾人的都市文明
水泥外殼與柏油鋪蓋下
那掩藏許久許久的土壤
飽含湖泊　溪澗與礫石
她的潮濕　溫潤
與農業的遺傳

像西周末年
這樣季節的那個人
突然領悟到：

所有地表上的生命與週期
都是厚厚土壤下的生機
在指揮　調節　孵育

朝著風的方向深吸一口氣
我就能感覺到
她釋放的水分
釋放的溫暖與寒冷
那正是地球的節氣

所有文明
不過是永恆泥濘里
一場春夢

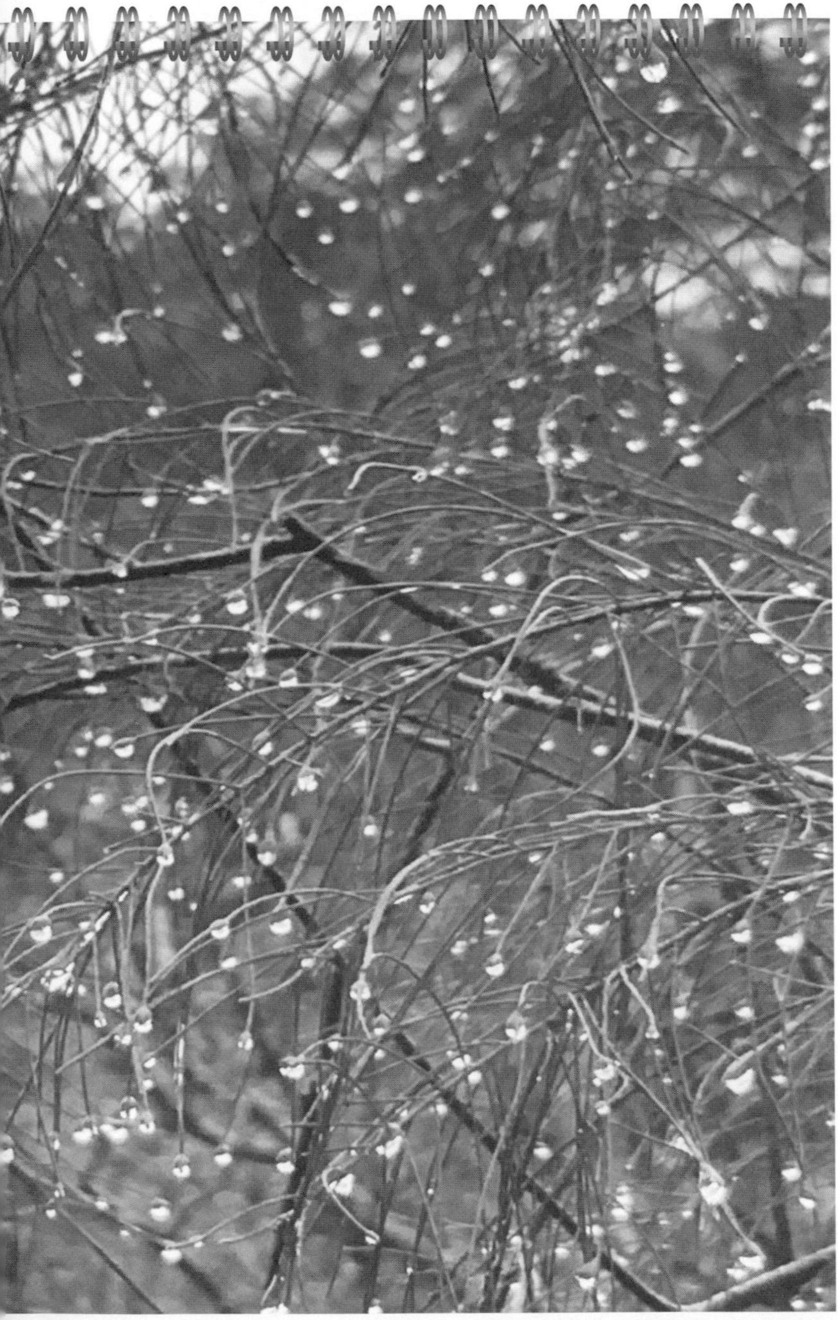

三月 | March

三月

三月，
有些預言應驗
有些預言凋萎
但是山櫻依約前來
燦爛於溪湍充盈的山谷
燭臺上的木棉花前線
也向北延燒到仁愛路

我聽說妳要回來
臨時又決定不回來了
「我們的『今年』
遲遲未能開始……」
「也許是因為
我們的去年　或更早之前
那些惦念都還沒結束……」

也許是因為
春天還沒攀上妳內心

那融雪泥濘的村落
陽光也尚未照臨我
被蕭索的書寫
封凍的案前

但是我專心地準備著
專心地準備著

一種奇異的安靜
在喧鬧的街頭佇留

一種塵埃落定的安詳
在綠蔭與車囂之間
在飄落的鴿羽
在跟著眼膜上的斑影
亦步亦趨的浦公英
在沒由來的一滴雨上
「深藏不露的宿命
終於找到它的宿命……」

但是我專心地準備著

像綠芽緩轉
準備著迎接
期待已久的收場：
疲憊的妳依約前來
放棄了怨懟與抵抗
把僵冷的自我埋進我
溫暖的胸膛就像我
再一次把壯觀的旅程
擱淺在妳
孤僻的小港

四月 | April

四月

四月
新的時間正在滋生
新的願望與憂愁
正被飽滿的春意催發出來
暖暖的陽光射入肌膚
就如照入驚蟄的土壤
整個島嶼隱隱發癢

蜜蜂穿梭
在荔枝與龍眼花間
鼓動著酥痲的風
酩酊著快節奏的暈眩

生物性的蒙昧歡愉
把這些小小生命的發條
上得緊緊的
甜美的情緒四處彈射
騷動著空氣

但是清明的雨
淋濕我們登山的腳印
洋溢在花粉與花香之間
性感的傳遞
便被澆熄了

我們已遠離和亡靈共處的時代
生活是文明唯一的主題
雖然對逝者負疚於心
我們抵制著死亡

有意無意的提醒

我們的肉體
矯飾以自戀　壯碩　美麗
執意將未來的傾圮　延緩
於時時刻刻的
纏綿悱惻裡

雨裡的油桐花
像遲到的雪

降落在錯誤的島上
我們快速經過繽紛的花影
竟有一絲錯過慶典的遺憾

這次，我往南
往被繁忙的漁船和
晶藍的波濤煮沸了的漁港

我離開酣睡的被窩
妳以裸背向我

不肯起床
妳還在夢中嗎？
還是妳已經醒來
我卻在夢中漸漸離開？

五月 | May

五月

五月
候鳥陸續離開
只有鴴鷸還在沼地徘徊
防風林外的淺海
洋溢著波的鱗光
蒸散著視野的質地
與色彩

偶有燠熱的風
訛傳著鯨群的體溫

夏天提早到來又縮回雲端
就像思念才要成形
倦怠便稀釋了
思念所挾帶　不成形的
妥協與轉圜

有那麼一瞬間

我們幾乎確信
夏天才是島上的原生季節
其它時光都是過客
在心情上激起過波紋
在生命中卻無法生根

像精緻的翻譯作品
像中年以後的戀愛

「在這座島上

不論何時何地
總會探勘到某種燥熱
各種環境　心境或
皮膚表層下的燥熱」

只要目光跟著
大白斑蝶　小紅紋蝶
青條鳳蝶　黑脈樺斑蝶
吹彈得破的粉影
遺傳在生命表層下的

耽溺　昏眩與
亢奮後的索然
便漸次醒來
薄弱的舞步
翩然飛出
萬里外的風暴
而讓我們在
滯悶的陽光下
更接近本能地
焦躁　憂傷或
寂寞起來

六月 | June

六月

六月
期待的事發生過就不再期待了
「飄落的鳥羽陷在
乾涸的鳥糞裡　成為
春天某次飛翔的化石」

捕獲我思維蟬翼的
一張箕張的蜘蛛網
與盛開的鳳凰花對峙著
退縮的綠蔭與
漸長的陽光對峙著
島嶼繼續向南航行

樟樹傍以榕樹的林蔭大道
馴服著鬧市與車潮
像提早到來的長假

讓你對沉悶的日常行程
莫名的心慌

我的焦慮來自於
失去想像美好事物的
心情與靈感
手無寸鐵　面對
陡然升高的氣溫
逾越現實的期待
提早覺悟的平凡

像一團向前移動的意識
漂浮在顛峰時段的街道
遲緩收攏著逸散的自我
零亂地整理思考的源頭

「突然間　你看見你和
全世界60億人鬆散地
分工進行的物種演化
脫節了」——

我停止蒸散
帶著剩下的
軀體和思想
重新降落於
孤芳自賞的城市

在櫥窗的水銀鏡瞳裡
每個和自己的眼神
交會過的人
都能在彼找到

最偏僻的角落

我停止蒸散
重新降落於
交通巔峰的城市
在最不起眼的時刻
走進連鎖店用餐
慢慢地再一次接受
屬於自己的60億分之一

七月 | July

七月

七月　颱風在遠方盤桓
有感或無感地震在腳下搖晃
所有個別可辨識的記憶
被炫目的陽光　全數曝光
所有個別　昂揚的雄性體腔
被摩擦為一整片
無法分割的

蟬鳴的海洋

我們的思想危如累卵
反芻著敗德　背叛與
適者生存的勾當
我們的肉體妖嬈舒展
反芻著心靈的虛無與
官能的貪婪

黏膩的濕氣把高溫

封存在島上每一吋空氣裡
我的毛細孔必須藉由
妳的毛細孔呼吸

黏膩的濕氣把部落的體味
封存在獵巫的亢奮情緒
與腥羶膚淺的文明裡
不離開他們
我無法呼吸

「的確
炎熱正填補或
消融著我們和一切的距離」
妳帶著剛被冷氣
冷卻過的薄薄體溫
重新靠了上來

蜻蜓停在鐵鑄的渦紋上
人們談論石油　談論通縮
資訊在熱島效應中

失控　失真地運轉
但是城市紋風不動
像繁複龐然的日晷
專注著比人類文明
更長遠的活動

「來！再靠近我
靠近我
你就遠離他們了」
妳帶著剛被距離

冷卻過的薄薄體溫
重新靠了上來

但我無能為力
我正在一顆飽含
融岩　矽礦　瀝青與
碳氫化合物的行星上
穿行過一段夏天

必須努力提煉

內心的黑夜
抵擋
遠方耀目的核融

八月 | August

八月

八月
風一停駐就死亡

整座島嶼
——也許整個星球都
籠罩於燠熱的蚊帳

妳掀開紗網
俯身看我
但我卻急著離開這
發炎、暖化的地表
藉由睡眠、失眠或想念……

蚊蚋、飛蛾、金龜子和隕石
會在掀開蚊帳時飛進來
浮萍、布袋蓮和水燈則會
流向淤塞著水母的大海

但我只急著離開這
發炎、暖化的地表
藉由消費、纏綿或想念……

一切都在分解　重組
一切都在傳染　融合
我必須把
自己的不適應鞏固起來
以此鞏固自己的存在

像一座暗礁　埋伏
在通往思想的航道上

「炎熱是多麼原始的事
文明、教養與恥感
都被脫得精光」
裸裎的妳特別多話
似乎想把叨絮的言詞
鋪蓋在羞赧的身上

「炎熱是一件多麼原始的事
是這座島嶼的本質
也是我們心智的本質」
汗水不停蒸散出來
溼透的床榻像一灘
負載不住我們的小小海洋

「鹽
會是我們最終存在的狀態嗎？」

蚊蚋、飛蛾、金龜子和隕石
會在掀開蚊帳時飛進來
浮萍、布袋蓮和水燈則會
流向淤塞著水母的大海

九月 | Septemper

九月

九月
我在夢中看見巨龜吃力爬上岸
卻擱淺在暮色裡
夢很厚
必須鑿開十三公里長的隧道
才看得到海

海是島嶼的天空
看到海
我們的心
才掙得出牢籠

那時野薑花的香郁
載著我們往河口方向
風揮舞著飽滿的空氣
揮舞著欲飛的視野和
視野之外更大的海洋

但是我的心
已停滯凋敝
它才是最終的牢籠
羈絆著踉蹌的步伐
禁錮著奮進的勇氣

「也許那是因為
你始終苛責自己
也不想原諒世界⋯⋯」
巨龜在遠方擱淺

在沙灘上　風揮舞著
妳的聲音　忽遠忽近

「我們的翅膀退化為
深海中流竄的蹼翼
我們的快樂退化為
接近尾聲的假期」
我把聲音藏在外套裡
怕被風吹到

「但是
生命如此短暫
我不想和你
繼續生氣」
強風把妳
大聲講的每一句話
都吹得變形了

我聽不清楚

但現在我很安心了

看到海
直立看著海的我們
在內心裡都躺平了

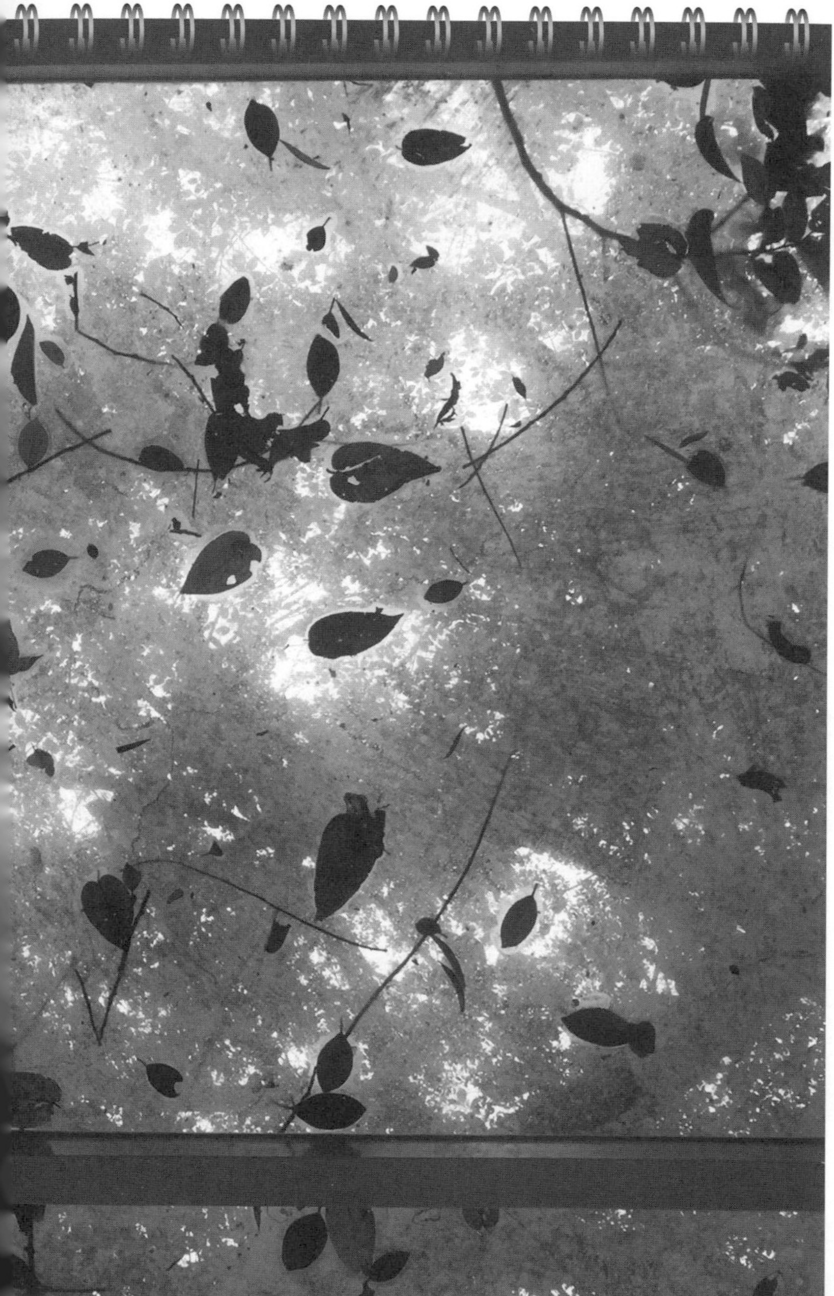

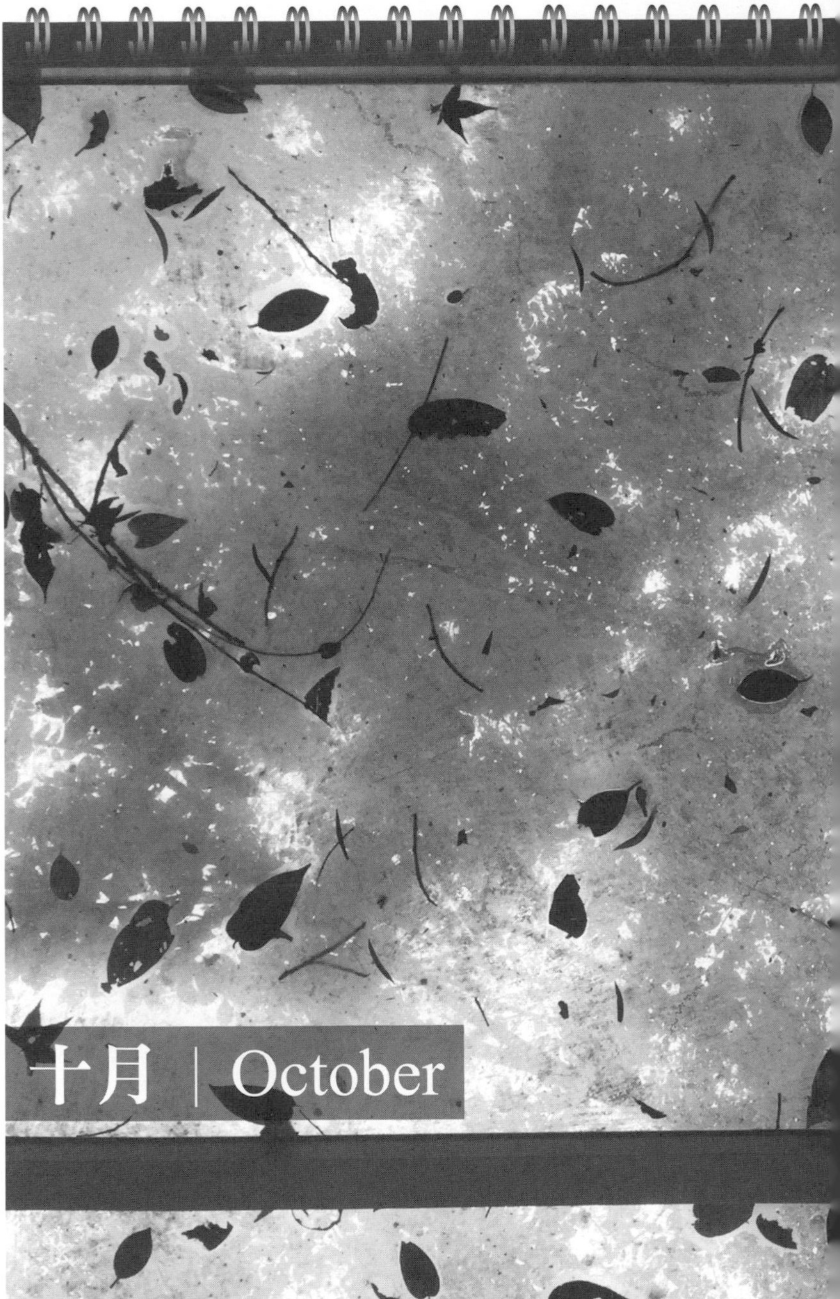
十月 | October

十月

十月
美好的記憶似乎
總來自記憶之前

就像颱風帶動的土石流
翻攪過高海拔叢林
豐盛的腐葉、土壤與植物清香

喚醒了島嶼最初的嗅覺

就像暴漲的荒溪
沖刷礫石滾滾的河床
山脈的痢疾瓦解了每座危橋
驟雨
喚醒了島嶼最初的觸覺

時間總是覆蓋著時間
記憶總是覆蓋著記憶

只有季節定期掀動著它們
以定期再生的
熟悉與陌生

就像當我吸到第一口
提前到達的冷空氣時
我的肺葉與腦葉便觸及
一次全新的過往時光
那是在我出現之前即
長期滯留在彼的低溫

雲海上的原始森林和
神秘的雪線
「為什麼寒冷的記憶比較持久？」
「為什麼越久遠的時光　溫度越低？」
妳掀動著我的思緒
以不定期重複的
陌生與熟悉

我相信
森林深處藏有這座島嶼的秘密
並且我似乎曾看見
半世紀前的曹族青年
走進巨木的樹縫裡
在特產店遊客沒注意的時候

我相信
人們不曾停止回到
蒼鬱的林中祕境

不時閉上眼睛
搜索一首遺忘的歌
不時回頭張望
死在內心裡頭的自己

在陳舊　充滿檜木香氣的房間
我吸到第一口
提前到達的冷空氣時
我回到了
我還沒出現之前的
島嶼

十一月 | November

十一月

十一月
潮濕的涼意濯洗了氧氣
我們深而寬闊地呼吸
躁鬱渾噩的社會
正快速失去我和這座島嶼
離開了城市的我

離開了眾人的島嶼
遂在秋光裡各個角落相遇

像弄錯遷徙方向的候鳥
孤單闖進遊樂場的淡季
我以某種憑弔的心情
翻閱著蕭索的街景
蕭索的時代精神　在
這幾天或這個世紀

「差不多就是離開妳之後
憑弔，成為我的生活基調
或我誤解的歷史使命」

「差不多就在街道
被示威抗議的街壘切割
霸凌與群毆正歡聲雷動……」

偶而創造出偉大文明的
這個物種

例行生產的其實是
更多狗屁倒灶之事：
二氧化碳、二次房貸
二元對立、二度傷害
那些激烈地擁護或
恐懼著什麼的腦袋
以及　市場崇拜……

不可逆轉的結局
把人類處境甚至我們的愛情

一步步推向
無法預測也無法掌握的狀態
忘了哪些事最教人耿耿於懷
但是這麼多遭遇發生又離開
（歷史記憶、溫泉勝地
妳虛擲的青春、我眷戀的
某些品質與價值）

「在憑弔的此刻
我驚駭發現演化論

始終以我們未曾
讀出的訊息
訕笑著我們：
凡消逝者皆
自遺伊戚
勿庸婉惜」

差不多就在我開始想念妳時
東北季風封鎖了
離現實一步之遙的小港

濾掉暑氣的光合作用
讓河口的蘆花燦爛起來
潮濕的涼意濯洗了氧氣
我們深而寬闊地呼吸
渾噩躁鬱的社會
正快速失去我和這座島嶼

十二月 | December

十二月

冬天是用雨快遞到島上的
當郵差在隔壁按鈴的時候
我悽愴想起她已許久沒有音訊了

十二月
雨和雲層密密的為島嶼織一件冬衣
穿戴著低溫與低彩度的低平視野

肅穆如大氣的陵寢
每一條公路都通往
一望無際的時光遺跡

但是人類的愚行與喧嘩還不想落幕
他們把自己打包在擁擠的電視機裡
等待收視者把他們帶到任一處
心靈的荒涼之地

就是在這佈滿霧氣的火鍋店

我悽愴想起她甚至已離開島嶼
只留下對面的空位
無謂的潔癖
永遠的疏離

就在這佈滿霧氣的火鍋店
我的現實生活和我的執迷
形成相互嘲弄的關係

我的現實生活

一直以各種形式的虛擲進行
言談　空想　吞嚥　婉惜
每隔一陣子就要為自己
懊喪莫名的　婉惜

不像詩作
我的現實生活沒有抗拒
穿過馬路去買流行麵包
下意識和討厭鬼故作親密
在微薄的貢獻裡撿取利益

在枯燥的言談中琢磨商機
不像詩作
我的現實生活沒有抗拒

「其實，面對現實無所謂抗拒
有時抗拒徒增我們的自欺」
景氣繼續不好
該如何抗拒呢？
冬天　該如何抗拒呢？

「景氣終將復甦了吧？」
「希望已經奄奄一息」
「但我們的自欺不會輕易死去」

就是在這佈滿霧氣的火鍋店
進食前的冬雨夜晚
我悽愴想起，我的一切
已許久沒有音訊了

聯合文叢672

地球之島

作　　者／羅智成
企劃・設計／羅智成
封面・插圖／羅智成

發 行 人／張寶琴
總 編 輯／周昭翡
主　　編／蕭仁豪
資深編輯／尹蓓芳
編　　輯／林劭璜
資深美編／戴榮芝
業務部總經理／李文吉
行銷企劃／蔡昀庭
發行專員／簡聖峰
財 務 部／趙玉瑩　韋秀英
人事行政組／李懷瑩
版權管理／蕭仁豪
法律顧問／理律法律事務所
陳長文律師、蔣大中律師
出 版 者／聯合文學出版社股份有限公司
地　　址／台北市基隆路一段178號10樓
電　　話／(02) 27666759轉5107
傳　　真／(02) 27567914
郵撥帳號／17623526聯合文學出版社股份有限公司
登 記 證／行政院新聞局局版臺業字第6109號
印 刷 廠／沐春行銷創意有限公司
經 銷 商／聯合發行股份有限公司
地　　址／(231)新北市新店區寶橋路235巷6弄6號2樓
電　　話／(02) 29178022
出版日期／2020年 12月 二版
定　　價／280元

ISBN 978-986-323-364-0 (平裝)

國家圖書館出版品預行編目資料

地球之島/羅智成著. -- 二版. -- 臺北市 :
聯合文學出版社股份有限公司, 2020.12
176面 ; 12.8×19 公分. --
(文叢 ; 672)(羅智成作品集)

ISBN 978-986-323-364-0

863.51 109019078